서랍이 있는 두 겹의 방

서랍이 있는 두 겹의 방

강신애 시집

창비시선

2 1 7

차 례

─────────────────────────── **제1부**

마노 8

부드러운 흔적 10

잔해 도시 12

부르카를 쓴 여인 15

절름거리는 봄 16

지옥의 幻人 18

풍선인간 21

숲속의 보물찾기 22

나의 자작나무 24

두 겹의 방 26

절박한 것은 단풍뿐 28

내 몸이 조금씩 흔들릴 때마다 30

초록머리 32

디지털 지하철 34

대칭이 나를 안심시킨다 36

소금창고는 변형거울이다 38

─────────────────────────── **제2부**

사각형이 되기 위하여 42

소설가 44

곰팡이국 45

임마누엘 집 46

그녀는 중력을 그린다   48

내 영토는 이동중   50

오래된 서랍   52

사막을 파내려가 거기   54

뭉클한 길   56

달   57

공복의 기쁨   58

일몰이 꿈틀, 했다   59

구부러진 책장   60

숲은 고스란히 나를   62

─────────── **제3부**

목소리를 위한 시   64

촛불, 내 인생   65

아름다운 뿔   66

바다의 완력은 당해낼 수 없다   68

액자 속의 방   70

지하실의 수기   72

배와 함께 기울어지다   73

黑雨, 김대환   74

몇 미터 바깥의 백제   76

갓 켜낸 육송 무늬처럼   78

봄   80

나는 천천히 입구 쪽으로   82

심야버스   84

제4부

새 표본 전문가의 꿈   86

거울   88

인형극놀이   90

불꺼진 지하도   92

그해 여름의 그랑부르   94

항우울제   96

내 마음의 花園   97

기린   98

지순   99

天平, 地平   100

손   102

안개의 새벽   104

저 자신 숲입니다   106

해설   108

시인의 말   117

제1부

마노

나는 그 돌을
책상 가운데 두고 소중히 보살핀다

바라보면 입속에
수세기의 침묵이 고이는
마노에는
그것을 건네받던 순간의 긴장이
고스란히 지문 찍혀 있다

그 돌에서 나는
난롯가의 농담, 저녁의 가벼운 흥분,
사소한 다툼들을 불러낸다

아름답게 금이 간 날들을 삼키고
돌은 응고된 새의 표정으로
내 앞에 있다

회색에서 주홍,

안으로 들어갈수록 갈색 이랑 그려진
마노의 중심에서
사랑의 파편들이 새로 태어나고 태어나고……

내 몸속으로
그 품의 물이랑이 돈다

부드러운 흔적

밤, 열린 창틈으로 새가 날아 들어왔다
벽과 천장에 쿵쿵 머리 박으며
새는 태아처럼 울부짖었다

내게 무시무시한 공중의 법을 보여주고 싶었니?

돌아가!
황록빛 대기를 묻힌 깃털 하나하나가 내겐 공포야

나는 빗자루를 휘저어 새를 내쫓는다

새는 형광등 위 뭉친 먼지를 방안 가득 찢어발기고
책을 흩트리고 이부자리에 발자국을 찍으며 날뛰더니
장롱 틈에 박혀 꼼짝하지 않는다

창공을 벗어나면 눈멀어버리는 자신에게 절망한 듯
내 방은 새의 숨소리로 거칠어졌다

새와 함께 잤다 일어나 보니
장롱 틈에 탈골한 흔적,
깃털 하나를 남기고 새는 사라졌다
몸의 일부였을 땐 난폭했던 새의 一生이
어두운 틈에서 부드럽게 반짝였다

잔해 도시

빌딩이 주저앉는다
도살의 붉은 꽃이 저 건물 옆구리를 가볍게 스친 순
간,
지폐를 칸칸이 복사해대던 유리가
뼈의 절규와 함께 녹아내리고
뭉게뭉게 쌓인 파편들, 차진 소음 속으로
두 손을 맞잡은 별똥별이 너풀너풀 떨어져 꽂힌다

영생도 지옥도 광신자도 배교자도 반죽이 되어 하나
의 殘骸다

여유공간 없이 하늘을 바리케이드 치던 장소가 뻥 뚫
려
막힌 푸른색이 흘러나온다
급작스런 소멸에 세상이 불균형하다
회칠한 하루가 회칠한 공기에 걸려 천천히 쓰러지는
배경으로
회칠한 영혼이 회칠한 영혼을 부축하고 걸어나온다

길들은 차단되고,
곧 공기 속을 떠도는 포자의 내습이 있으리라
움푹한 눈자위로
묵시록을 실현하는 TV 앞에서 가슴을 조이리라
(화면을 바라보는 것만으로도 감염되리라)

재의 날개를 들쓴 도시의 안테나에
눈물이 오물처럼 붙어 있다

生을 건 증오의 파괴력을 한껏 즐기던 상점 간판이
늪에 빠진 썩은 밧줄의 풍경에 발목을 빼려 안간힘이
다
사람일 수 없음을, 사람 근처에도 가지 못함을 찬양하
며—

어느샌가 그 자리
불안한 철골을 공포의 전깃줄로 감고,

죽음의 냄새 풍기는 시멘트로 메운 마천루의 여인이
노랗게 웃고 있을 게다

부르카를 쓴 여인

네 눈은 벌집무늬에 갇혀
먼 곳을 볼 수 없고

찐득한 혀로는
사랑을 말할 수 없다

네 육체는
코란의 갈피처럼 닳아 부서지고

네 피는
폭발하는 바미안 석불처럼 울부짖는다

슬픔에 찬 瓶…… 뭉클한 瓶……
그러안은 그림자뿐인 너

그러나, 그 긴 장막을 들추고
자신의 영혼을 보여주고픈 욕망으로 들끓고 있다

절름거리는 봄

폭탄 파편이 튄 소녀의 얼굴은 밀랍처럼 굳어 있다

영화 「칸다하르」에서는

낙하산에 마네킹의 하체 같은 의족이

나풀나풀 달려내려오는 기이한 풍경 속으로

목발 짚은 누더기떼가 거품 물고 몰려갔다

저 다린 내 다리야,

1년 전에 예약해둔 다리야,

봐 내 사이즈잖아,

뭉툭한 발끝을 새 거푸집에 맞출 때

절름거리는 개들이 침흘리며 쳐다보았다

태엽이 풀린 청개구리가 마지막 점프를 하고 있다

왼쪽 눈을 절름거리며 계단을 내려가시는 어머니

종량제 봉투에서 오래된 봄냄새가 났다

고래는 다리를 벗고 지느러미를 입은 후 비로소 자유
로워졌다

흙먼지가, 구멍 뚫린 지구의 후두엽을

절름절름 밟고 지나가는 틈으로 희뜩한 새순이——

지옥의 幻人

1

바다 밑바닥 어느 곳에 소금을 만들어내는 맷돌이 영
원히 돌고 있어서 바닷물이 짜게 되었다는 노르웨이의
동화; 그 맷돌을 바닷속에 처넣은 자 누구? 맷돌을 돌
리는 손은 누구?

2

심해에 사는 누트리쿠라라는 해파리는 산란 후 유년
으로 회춘한다 죽음 없이 윤회를 되풀이한다——빈 구멍
뿐인 몸속 어디에서 不死의 욕망이 생겨나와 세포를 온
통 흔들어놓는 거니? 어느 별의 쪼개진 돌멩이에서 태
어나 바다의 신이 되었니?…… 너를 오래오래 씹어먹
고 싶어, 나는 누추하게 시들어가

3

핸드폰을 물에 빠뜨렸네 배터리 방전으로 전원이 끊
긴다는 메시지가 물결무늬로 뜨더니 표시창이 아득히
흐려지더니 꼬르륵, 해협으로 잠겨버렸네 가슴 너덜너

덜할 때 물먹은 세상으로나마 수선하러 헤엄쳐가던 나는 지금 익사중, 옴성시서함에는 비린내 가득한 의혹의 말들이 쌓이고 비상인 줄 모르고 비상호출을 날려보내겠지 유목민의 단추 같은 번호판을 헛되이, 꾹꾹, 눌러보네 그리움의 안테나를 팽팽히, 뽑아보네──아아아 이렇게 캄캄할 수가 있나

4

달에 끌려 길을 걷는데 흉기처럼, 깨어진 창유리가 희번뜩였다 차를 버려두고 기사는 어디로 갔을까 (이상할 것도 없지, 예기치 않은 충돌에 튕겨나가 저 산산이 금 간 유리속 서늘한 실금이 되어버린지도) 박살난 살점이 플라스틱 실핏줄에 덜렁덜렁 義手처럼 매달려 있는 유리의 최후를 나는 왜 멈춰 서서 보고만 있는 거지?

5

원자 몇개를 뭉쳐 사람 머리카락의 10만분의 1 정도 가는 회로를 만들 수 있어 노트북 컴퓨터를 손목시계처

럼 차고 다닐 수 있을 거란다; 얼마나 작아질 수 있나,
얼마나 작아질 수 있나──나노분말을 온몸에 칠하고 네
정맥 깊숙이 스며들고 싶어라

풍선인간

텅 빈 몸통 뚫고 지나는 바람에
작대기처럼 일어서서
두 손 번쩍 들고 더덩실,
店店戶戶 굽어보며
나를 봐, 나를 봐, 춤을 추는
나는 환락의 춤꾼이야
흐르적 흐르적—
시선들 유혹하다 바람이 방향을 바꾸면
푹, 가슴을 꺾는 허무주의자야
소금구이 신장개업집
고기냄새 파냄새 허겁지겁 먹어치우고
춤에 부푼 몸뚱이로
파아란 허당에 오체투지하는
너도 풍선이지? 나와 함께 날아가자
근데, 내 발목엔 쇠뭉치 모터가 달려 있어
전기만 끄면
쭈루루루
낙숫물처럼 흘러내리는 거죽이야

숲속의 보물찾기

바이올린 하나 들고 숲속 보물찾기에 나섰네
숲의 메트로놈, 새의 목젖은 갈참나무 잎사귀를 똑똑
끊어
한낮의 햇살 속으로 던지고 있었네
내 점심은 버섯, 새알, 흰꽃은 후식이라네
숲은 번식을 준비하는 야생동물의 활기로 가득 차고
나는 나무 밑동을 뒤지거나 딱따구리가 파놓은 구멍
에
손을 넣어보며 덤불 헤쳐나갔네
이따금 곰을 만나거나 낙엽의 그물에 걸려
꼼짝할 수 없을 때면 바이올린을 켰네
신비하게도, 내 몸은 깃털처럼 가볍게 들려
숲의 다른 곳으로 옮겨졌네
햇살 꺾여 세공 안된 다이아몬드처럼 거친 빛을 발하
던 숲은
짝을 찾은 짐승들의 벅찬 숨결로 부풀어올랐네
그는 늘 감추고 달아나고, 나는 무작정 찾아나서야 하는
이 불공평한 게임의 끝은 어딘지 따위의 의문은

오래 전에 사라지고 없었네

혹, 이 숲엔 감춘 보물 따윈 없는 게 아닐까?

바이올린 현에 내 슬픔과 격정을 조율하다 보면

몸이 가문비나무 울림통처럼 가벼워져

우거진 숲에 가리운 늪과, 무서운 짐승을 피해갈 수 있음을 가르치려

나를 이 숲으로 이끈 게 아닐까?

한 숲이 끝나고 또다른 숲이 시작되는 곳에서

나는 그가 숨긴 것이 무엇인지 알았네

나의 자작나무

당신은 언제부터 자작나무 숲에 살았나요
제가 부를 때 당신 대답은
자작나무 숲을 돌아나오는 피리소리였나요
당신은 저를 보지도 듣지도 못합니다
당신 살결은 은잔처럼 눈부시고
맨발은 흰뱀처럼 보드라워
그 아래 양귀비꽃들도 아득히 눈감고 머리 숙입니다
저녁이면 자작나무 이파리는, 연기가 뿌옇게 올라오
는 숲에
긴 머리칼을 기대고 手淫합니다
긴장이 빠져나간 이파리는 순결해지고
당신은 촘촘한 흰 피륙으로 꿈을 덮습니다
자작나무를 잠재우고 자작나무 숲을 들어올리는 당신
은
자작나무의 정령,
제게 보여주신 수천 길 폭포의 현란한 추락과
비상하는 새떼의 날갯짓은 연민에 지나지 않았습니다
사랑을 탁발하며 저는 살았습니다

그러나 제 속에는 아직 터지지 않은 씨방이 있어
당신 숲 가까이 씨앗을 날려보냅니다
과거 따윈 갖고 싶지 않은 당신 몰래
내가 낳아 기른 자작나무 한그루
나는 이제 나의 자작나무에 기대어 삽니다

두 겹의 방

나는 그 숲의 불가사의한 어둠을 사랑하였습니다
밤이면 습관적으로 음란해져
숲으로 들어가면, 숲은 내게로 기울어
귓속 차고 슬픈 전설이 흘러나와 발가락을 적십니다
나는 노루처럼 순한 눈망울로
숲이 들려주는 옛날 이야기에 빠져듭니다
며칠 가지 않으면 숲은
일없이 가랑잎이나 발등에 쌓아놓고
종일토록 심심해합니다
내가 길에 뜻없이 굴러다니던
옹이투성이 통나무들을 주워다
이 숲에 방을 들인 건 언제부터일까요
마지막 망치질로 문패를 달고
이름 석 자 적어놓습니다
길 위에서 방을 구할 때
방은 달아나고 찢겨,
내 잠은 줄줄 샜습니다
따뜻한 뿌리 베고 나는 나뭇결 고운 잠을 잡니다

가수가 몇 옥타브 고음을 위해
영혼을 수천 미터 상공 어느 한 지점에 띄우듯
나는 이 방에서 어떤 출생을 꿈꿉니다
신이 땅을 만드시고 숲으로 기름지게 하신 것처럼
숲은 내 방으로 그 특이한 어둠을 한 겹 벗을 것입니다
까막까치 울음소리로 장작 타들어가고
아침밥 지을 때, 굴뚝에서 피어오르는 흰 연기가
이 숲을 밥냄새 가득한 인간의 방으로 만들어버립니다
나는 두 겹의 방에서 삽니다

절박한 것은 단풍뿐

숲
아침마다 숲은
차도르를 뒤집어쓴 여인처럼
빈틈없는 안개를 피워올렸다
가을이면 고색창연한 우울이 도져
귀족이 됐다
연하의 남자와 연애를 했다
완전한 몸에 깃든 미숙한 욕망,
자꾸 웃음이 나왔다

날개
최초의, 夢遊의 가을
낙엽을 직조해
날벌레의 옷을 입는다
날 수 없는 것은 영혼이 없다!
방바닥에 수북이 등 대고 누운
무당벌레들을 뒤집어놓았지만
끝내 날아오르지 않았다

불법체류자 낙엽처럼

애인이 떠났다
불법체류자 낙엽처럼.
아무것도 절박하지 않았고
절박한 것은 단풍뿐이었다

홍시의 즙

그대여, 가을이면 나는 실직한다
온종일 죽어가는 불씨인 듯
적막한 몸속에 홍시의 즙을 주사해다오
창틀이 벌레의 시체들로 빽빽하여
열리지도 닫히지도 않는다
봉함된 글자가 튀어오른다
유리창에는, 오오
영원히 마르지 않을 눈물 같은 것이 엉겨

내 몸이 조금씩 흔들릴 때마다

꽃에서 향기를 꺼내어
홀로 도취하는 향수 제조자처럼
신은 내 영혼을
과거의 병에 가두어놓고
가만히 흔든다

나는
신조차도 탐낼 만한 과거를 가졌다

병 속에는
푸른 비단을 두른 여치
청호반새 깃털로 짠 양탄자
별이 가득 담긴 사기 항아리— 그 속에선 이따금
파이프 오르간 소리가 난다
포말의 무지개 밟고
하늘로 오르는 은회색의 배
이런 것들로 가득하다

신이 손수건에
나를 한방울 떨어뜨려
코끝에 대고 음미한다

내 몸이 조금씩 흔들릴 때마다
신께
가장 아름다운 향기를 선물한다

초록머리

맞은편 소녀의 기인 머리에서
호루루—
끼쳐오는 솔나무 향
지하철 안이 문득 연둣빛으로 싱싱해진다

초록색 감도는 어떤 배후 거느리고
다소곳 머리숙인 채
초록 물든 생각에 빠져드는 그 애

어깨까지 찰랑이는
빛의 타래 드리운 연한 가르마 따라
풋보리 이랑이 언뜻언뜻,
갈대풀 휘인 호수에 뺨을 적신
햇덩이도 만난다

나도 머리에 물들일까

거리에 쇠스랑 물결무늬 그리는 파랑이나

바람에 꽃가루 묻히는 암술의 분홍으로

소녀애가 일어나 몇 걸음 옮기자
여기저기
초록 향기가 수런거리며 인다

디지털 지하철

싯푸른 우주에 떠 있어요
형광 별들이 절벽과 평원을 가로지르는
당신은 소혹성 B613호에 앉았네요
거기도 우편배달부가 풍경을 배달하고
천년 지난 침향이 발굴되나요?

아가씨는 오이가 되고 싶다구요?
이리 와 내게 매달려요
꼭지를 간지르는 집게벌레일랑 무서워 말아요
지금 막,
펼친 석간신문 냄새에 취해
활자 속으로 뛰어들기 직전인데요

출퇴근의 피로를
수렁처럼 고인 생각들을 혈액순환시키는
토마토빛 샤워실은 어때요?

생은 무뚝뚝해도 화엄 꿈은 화려한 것

6호선 지하철을 내려서도
새소리는 몸속을 날며
숏쯔 숏쯔, 햇빛 달빛을 끓어놓네요

대칭이 나를 안심시킨다

어머니의 방과
나의 방은
쌀이랑 과일이랑* 가게를 중심으로 대칭이다

어머니는
뚱뚱한 몸을 뒤뚱거리며
딸의 불안을 감시하러 들락거리시고

나는
껍데기뿐인 생을 공글려
어머니의 불안을 보살피러 들락거린다

화투로 하루의 운을 떼보는 母와
신문 '오늘의 운세'를 읽는 女

발이 상처나면 쉽게 썩어버리는 당뇨인데
예쁜 구두만 고집하는 母와
거꾸로 매달려 살아도

뾰족구두만 고집하는 女

쌀이랑 과일이랑 가게에서 대칭인 무료함
쌀이랑 과일이랑 가게에서 대칭인 공범자
쌀이랑 과일이랑 가게에서 대칭인 일몰의 자화상

너무 사랑하여
千歲不變, 타클라마칸 사막의 모래알 같은
판박이의 경지

듬성듬성 상처난 어머니의 자궁과
잉태를 꿈꾸는 나의 자궁도 대칭이다

　　* 가게 이름.

소금창고는 변형거울이다

하얀 소금
천장까지 쌓인 소금창고에 들어선다
빙산 속에 갇힌 느낌.
바다를 다 살고 온 소금이
너의 바다로 돌아가, 나를 밀쳐낸다
나는 돌아갈 바다가 없어, 너는 내가 매장한 바다야
삽으로 바닥에 흘러내린 소금을
위로 위로 퍼올린다

갯벌 내음과 석양빛의 조화로
바다 깊숙한 곳 음향터널*에 들어선 듯
나는 저 바닷속 고래와 장거리 교신을 한다

부우우 부우우—

병에 입술을 바짝 갖다대고 부는 듯한
대왕고래의 울음소리가
천수백 킬로미터 밖에서 들려온다

소금창고는 변형거울이다

불멸의 순간을 소리로 변형시킨 내 내부의 무균실이
다

수심 아득한 곳, 아득한 이유로 헤어진

너와 만나는 곳이다

　* 바다 어느 구역에 특별히 소리가 잘 전달되는 곳.

제2부

사각형이 되기 위하여

사각의 방에 들어가
사각의 책상에서
사각의 잠을 잤다
일어나니 내 몸이 사각형이 되었다

볼록렌즈처럼
나를 통과하는 무엇이나 담던
고통의 한 정점을 향해
타들어가던 몸뚱이를 벗었다

날카롭게 모서리진 팔다리,
꼭지점으로 밀집해 들어가는
숨결의 팽팽한 긴장

둥글어지기 위해 눈빛조차 궁굴려야 했지
둥글어지려는 내 안의 벽을 허물어야 해

여기서 나가면 공기가 나를

지하로 굴려버릴 거야
(둥근 것은 죄야)

사각형의 방에 빈틈없이
꼬옥 끼워지기 위해,
일렁이는 생각들을 거두고
천천히 숨을 들이쉰다

소설가

그대 검은 우로보로스, 제 꼬리를 물고 돈다 돈다 돈다

눈은 환멸을 낚는 그물처럼 어둡다
흰 이마는 그가 즐겨 다루는 부재의 증표다
긴 그림자는 타고난 게으름의 상징이다
노래 부를 때는 중얼중얼하고 흔들흔들했는데
머리를 용수철로 연결한 木인형처럼 위태로워 보였다
처음 만난 날, 그는 몹시 추워했다
접은 날개 같은 외투깃을 꼭 여몄다
구두끈을 조이기 위해 둥글게 허리를 꼬았을 때
『검은 이야기 사슬』이라는 책제목이 떠올랐다
그는 그가 쓴 이야기의 사슬이자 延長이다
나는 그 책을 펼쳐 목록을 훑어보았다

가사 체험   11

블랙홀을 삼키다   43

분 열   97

무기력의 원천   138

그림자를 지키는 사람   215

곰팡이국

미처 버리지 못한 콩나물로 어머니 곰팡이국을 끓이셨다 꿀꺽 삼키고 난 후의 뒤늦은 깨달음, 백내장 연고를 눈에 바르면서 어머니 가까운 것에서부터 차츰 멀어지신다 어머니, 나의 邪敎, 내 대강이에서 자라난 곰팡이, 나를 빨아 하얗게 번성해간다 냉장고 구석구석 어머니가 퍼뜨린 저 하등균류, 더러운 성령들— 어머니, 이안 좀 들여다보세요 김치 깻잎 생선…… 온통 솜뭉치예요 흰 털들이 자라나요 냉장고가 흘, 흘러 넘쳐요

임마누엘 집

1

어떤 일그러짐 위에 군림하듯, 분홍색 건물은 동네 입
구에서부터 눈에 확 띄었다 층과 층 사이에 보라색 띠를
둘렀다 발음이 불분명한 찬송가 소리가 울려나온다

원생들은 담장에 기대앉아 하릴없이 머리를 긁거나
의미를 완결하지 못하고 비뚤어지는 몸짓으로 이야기를
버무리거나, 길에서 나와 마주치면 헤죽 웃곤 달그락달
그락 지나갔다 이따금 속옷이나 이불이 널리곤 했지만,
그것은 생활의 생기를 보여주기보다 그들 불운의 윤곽
을 더한 채 나부꼈다

2

가끔 놀이터에서 열 살인지 쉰 살인지 알 수 없는 얼
굴을 한 몇이 길 잃은 낙타의 울음소리를 지르며 그네를
탔는데, 그것은 등에 매달린 혹 같은 생을 떼어 공중으
로 날려버리는 儀式처럼, 혹은 그들 불편한 보행의 보상
심리처럼 크고 괴이했다

3

어느 날 단체로 휠체어를 타고 수영을 온 그들 중 한 사내가, 홀딱 벗고 절뚝절뚝 뛰어나왔다 엉덩이 한쪽은 습한 공기를 떠받치듯 우스꽝스레 치솟아붙었지만 좌우가 불균형한 신체 한가운데 그의 남성은 건강하게 출렁였다 수영장 가를 반바퀴쯤 돌았을 때 구조원이 달려나와 그를 끌고 나갔고 사람들은 헤엄을 치다 말고 일제히 웃음을 터뜨렸고 나도 순간적으로 따라 웃었고 그러다가 곧 그만두었다

몇몇 양식 있는 사람들은 그곳을 천사의 집이라 불렀지만
임마누엘—
하느님이 우리와 함께 계시다는 뜻의 그 집 이름은
하느님이 우리와 함께 계시지 않다는 것을 강조할 뿐이었다

그녀는 중력을 그린다

흘러내린 물감자국, 붓자국으로
그녀는 중력을 그린다
그녀가 뻣뻣한 스타카토로 끊어서 발음하는 것도
중력을 벗어나기 위해서다
조개껍데기 풀칠해 붙인 캔버스의
이빨 빠진 중력 사이로
손돌바람 휘몰아치는 흙, 널빤지 집도
중력으로 반쯤 기울었다
그림들마다 이렇게 무서울 수 있다니!
(오직천국 불신지옥 휘장을 두른 흰 옷, 폭포는
한치의 의심도 없이 폭포다)
나는 귀기서린 色의 중력에 괴로웠다, 구토가 났다
그녀와 동침하고 나면 목에 추를 늘어뜨린 듯
대지의 환부 쪽으로 쏟아질 것 같았다

비천한, 비천한 중력을 뚫고 날아오른 飛天舞—

물감이 채 마르지 않은 선녀의 피리소리에 떠올라

화가의 방을 빠져나온 새벽
가양리 일대는,
지구의 중력에 묶인 달의 입김으로
눈부신 서리의 벌판이다

내 영토는 이동중

봄비 내리는 날 이사갈 집 둘러보았습니다
내 속에 일산화탄소 가득하여
몇날 며칠 헤매다 고른 방 하나,
거기 그토록 오래 꿈꿔온 숲이
마을을 양파처럼 감싸고 넓게 펼쳐져 있었습니다
실제의 숲은 상상의 숲보다 어질고 장엄하여
젖은 음계로 걸어온 나를 겹겹이 안아주었습니다
숲을 바라보는 마음 절로 붕대 풀려
다복솔에 감긴 안개가
마른 육신을 다복다복 채우고
낯선 배우의 暗行, 입부리를 벌리고 바라보던 박새 한
마리
서둘러 상수리나무 뒤로 퇴장합니다
걷거나 잠들 때에도 귓바퀴를 지잉 울리는 숲의 이명
을
마음 어둔 헛간에 못질해 놓고
어떤 드문 시간이 나를 데려다주기만을 바라왔던 나
날들

이제 상상의 숲에 갇힌 나의 사랑 끝내야 할 때,
굽이치는 수맥의 광기를 밟고 선 숲의
저 그윽한 무표정을 배워야 합니다
비닐우산 속 흐린 시야 너머로
거미는 제가 만든 거미줄을 타고 푸른 灣을 건넙니다

오래된 서랍

나는 맨 아래 서랍을 열어보지 않는다
더이상 보탤 추억도 사랑도 없이
내 생의 중세가 조용히 청동녹 슬어가는

긴 여행에서 돌아와 나는 서랍을 연다
노끈으로 묶어둔 편지뭉치, 유원지에서 공기총 쏘아 맞춘
신랑 각시 인형, 건넨 이의 얼굴을 떠올리게 하는
코 깨진 돌거북, 몇 권의 쓰다 만 일기장들……

絃처럼 팽팽히 드리운 추억이
느닷없는 햇살에 놀라 튕겨나온다

실로 이런 사태를 나는 두려워한다

누렇게 바랜 편지봉투 이름 석 자가
그 위에 나방 분가루같이 살포시 얹힌 먼지가
먹이 앞에 난폭해지는 숫사자처럼

사정없이 살을 잡아채고, 순식간에 마음을
텅 비게 하는 때가 있다

겁 많은 짐승처럼 감각을 추스르며
나는 가만히 서랍을 닫는다

통증을 누르고 앉은 나머지 서랍처럼
내 삶 수시로 열어보고 어지럽혀왔지만
낡은 오동나무 책상 맨 아래 잘 정돈해둔 추억
포도주처럼 익어가길 얼마나 바라왔던가

닫힌 서랍을 나는 오래오래 바라본다
어떤 숨결이 배어나올 때까지

사막을 파내려가 거기

종일 흰 무덤 목련꽃이 실수로 印畵한
저쪽
바라보다 퇴근한다

자곡동 성남 분당 몇갈래로 흩어지던 마음 모아
탑성마을에 내리면
깊은 숨 몰아쉬는 숲 위로
잠언처럼, 떠오르는, 방

후들거리는 서른
눈 깊은 숲과 살림 차려
이사온 후로 내 어깨 양쪽은 늘 숲에 젖어 있다

호주머니 속,
치사량의 신기루는 어디론가 새버리고
백열등 보안 내 방으로
두근두근 돌아간다

54

사막을 파내려가 거기
꽃뱀으로 또아리 튼 숲과 니는
목련 같은 아이를 가지리라

모래바람 속, 줄줄이 불려나온 진눈깨비 목련
사막은 더이상 사막이 아니다

뭉클한 길

어머니 탑성마을에 사시고
나 안골마을에 사네
개발제한구역 능선이
탑처럼 감아돌아간 마을 끝에
어머니의 독방,
그 사이 한 정거
뭉클한 가로수길 끝에
나의 독방이 있네
빈 반찬그릇 달랑이며
웅숭그리는 나무그림자 밟고 가는
허구한 날 허구한 길이 뭉클하네
노을이 양재기로 쏟아부은 화톳불 너머
헤매다 돌아온 막내 같은 초저녁 별 하나 뜨고
어머니 일생의 능골이 비치는 길
한 정거가 너무 짧아
어머니,
왔던 길 다시 밟아갑니다

달

달은 은밀한, 불의 횡격막
집들도 언덕도 수수꽃다리도 그 중심을 향해 돈다
달은 밤의 눈꺼풀
닫히면 입술도 공기도 얼어붙는다
하지만 나는 남극의 물고기처럼 생생하네
몸속에 달빛 부동액이 흐르기 때문
이봐,
넌 내가 열 몇살에 쏘아올린 눈물방울 화석이야
무수한 너와, 내가, 무수한 골목길에서 껴안은 가슴이야
그들만의 추억이 고스란히 저장된 냉장고야

내 좌충우돌의 젊음을 투정부리듯 기우뚱한 달이 간다

공복의 기쁨

나는 즐겨 굶네
아니 굶는 것이 아니라
조개가 뱃속의 모래를 뱉듯
내 속의 더러운 것들
조금씩 토해놓네
내 몸은 書標처럼 얇아져
어느 물결 갈피에나 쉽게 끼워지네
마술사가 감춘 모자 속 비둘기처럼 작아지네
품과 품 사이로
꽃향기, 바람 머물게 하네
랄라…… 모든 관계가 허기로 아름다워지네
눈도 맑아져
온갖 잡동사니 투명하게 들여다 보네
즐겁게 육체를 망각하고
풀잎 속으로 들어가네

오, 공복의 기쁨
공복의 포만

일몰이 꿈틀,했다

　바람도 인기척도 백골이 되어 뒹군다. 칠십만 평 광활한 색채의 묘지. 시커먼 갯벌은 지리산 갈비뼈의 갈대줄기, 섬진강 햇살의 꽃수염 솟아나오는 모공이다. 제 습기를 밀어내느라 웃자란 갈대의 군락. 나를 풋기운, 풋내음에 가두는 미친 갈대의 갈고리들. 갈대의 굴을 파며 얼마나 허우적였을까. 어디가 끝이야! 고함쳐보았지만 하얗게 삭아가는 갈대의 목울음만 커엉커엉 되돌아왔다. 제 골격 그대로 말라빠진 갈대가 팽팽히 시위를 당겨 철새를 겨냥한다. 일몰이 꿈틀,했다. 소리없이 떨어져 죽는 하늘의 갈대들— 새를 삼킨 갈대밭이 말간 정신의 뼈를 내뱉는 순천만 갈대숲.

구부러진 책장

목재소 구석
먼지 속에 쌓아 둔 나무를 사다
책장을 만든다
사포질 니스칠로 손목 뻐근하도록
거친 나뭇결에 윤을 낸다
한 단 두 단 책을 섞어 꽂을 때
너와 내가 거대한 짐승의 뱃속에서
하나로 합쳐진다는 생각이 든다
레닌과 소로우가
체 게바라와 연애소설을 읽는 노인이
아마존 밀림 속 오두막에서 차를 마시며
그 골방의 바람벽을,
곰팡이꽃 속 웅크린 잠을
도란도란 이야기한다
옹이지고 휜 여섯개의 단을
못 하나 박지 않고
단지, 나무와 나무 사이 균형으로 맞추고 보니
더러 흔들리더라도 끄떡없이

구부러진 몸뚱이 둘이 떠받쳤던 꿈이
그지없는 무게로 다가온다

숲은 고스란히 나를

쏙독새 따라다니다 길을 잃었다
새는 삼나무 높은 가지에서 다른 가지로 건너뛰며
나를 숲의 더 깊은 곳으로 이끌었다
번개 맞은 듯 까맣게 척추가 휜 나무 앞에서
문득 새소리도 그치고, 두근거렸다
함석 차양에 빗방울 떨어지는 소리로 가랑잎 굴러다니고
한 발 앞으로 내디뎠을 때
숲은 고스란히 나를
낙엽 도토리 밤송이 껍질 수북한 골짜기로 빠뜨렸다
서걱이는 몸 일으켜 숲이 흘린 꿈,
허파에 하나씩 주워담기 위해 심호흡을 했다
쏙독새가 나무에 줄을 매고 빙빙 머리 위를 돌았다
이렇게 한 사흘 숲에 취해 있으면
살갗에서 가지, 이파리가 뻗어나가고
발바닥에 스멀스멀 잔뿌리가 돋아날 것 같았다
온몸으로 밀림이 된 내 팔다리를 타고 오르며
쏙독새가 고립무원 우는 소리를
나는 가만히 취한 듯 듣고 있었다

제3부

목소리를 위한 시

그는 함부로 소리내지 않는다
어둔 밤, 베개 위에서
저절로 새어나오는 자신의 목소리에 경악한다

그의 목소리는
정적의 더미에서 솟구쳐오르는 불꽃
떨기나무 위의 빗방울
스러지는 달빛······

바이올린의 현을 감춘 케이스처럼
그는 목소리에 꼭 맞는 육체를 갖고 싶다

오래될수록 맑은 소리가 나는
가문비나무 울림통 같은.

혼란에서 벗어나고 싶을 때 그는 노래한다
봇물처럼, 터져나오는, 열정의 發火

허공중에 또박또박 날아가 박힌다

촛불, 내 인생

탐욕스런 촉수를 휘저으며
기록하고 노래하던 불의 파편들이
곁에서 점점이 응고되어간다
비극도 희극도 아닌
한갓 밀랍 따위의 핵심을 누가 헤쳐보겠는가

뜨거운, 그을음뿐인,

　　　곡두

혹—불어 꺼다오!

아름다운 뿔

오늘밤 너와 함께 있고 싶어
비 때문이 아니야
풀냄새 때문도 아니야
나는 네 손끝 아니면
닫혀버리는 미모사.

귓속에 안개를 불어넣어줘
입속을 사막의 달빛으로 그득 채워줘

천년쯤 묻어둔 소금이야
너 없인 사악한 가루일 뿐이야
머리칼 속에
네 눈물을 떨어뜨려줘

소금에 눈물을 섞으면
깨지지 않는
푸른 물방울 보석이 되는 연금술

한순간, 아름다운 뿔에 찔려
영원한 흉터를 지니고 살아간들 어떻겠어?

바다의 완력은 당해낼 수 없다

여관 강변장은 성당 같다
입구의 청동 인어상을 나는 마리아라고 부른다
묵주 대신 커다란 소라를 쥔 한 손은 하늘로 뻗치고
한 손은 자신의 음부를 가린
半神半魚의 마리아
헤드라이트 불빛이 터진다, 찔린 듯 경련하는 조각상
비늘이 꽃처럼 떨어진다

녹색의 개가 비늘을 뒤적거리고
비틀거리며 집으로 돌아가는 취객 하나,
난산의 안개가 연인의 긴 그림자를 끌고 강변장으로
스며든다

나직하고 끊길 듯한 목소리로 나를 불러낸 이 누굴까
이 밤, 조각상 앞으로

내가 해 떨어진 아스팔트 길 위에서 중생대의 숲을 그
리워할 때

상처를 따라가듯 아무도 모르게 성호를 그어보일 때
강변장 입구를 뭇시선으로부터 차단한 나무들이
이파리를 동그랗게 모으고 속삭인다

널 환영해, 여기부터 古典이야

늦은 영업집에서 전자오르간 소리는 적막을 포장하고
네온이 조각상의 봉긋한 가슴에 순교의 푸른 물을 들
일 때
인어가 오랜 침묵에서 깨어나
가만히 소라 하나를 건넨다

나는 굶주림과 파도와 싸우다 지친 선원처럼
허겁지겁 소라에 귀를 기울인다
검고 요요한 음향의 회오리……
바다의 완력은 당해낼 수 없다

액자 속의 방

대흥동 가파른 계단 끝
고흐의 해바라기처럼 걸린 방
알고 보니 시든 종이꽃이었다

키 작은 주인 여자가 방문을 열자
잡다한 생활의 때가 모자이크된 벽지와
싱크대의 퀴퀴한 냄새

비좁은 복도를 마주하고 세든 세 가구가
공동화장실을 가다 마주치면
서로 스며야 한다

하루치의 숨을 부려놓고
햇빛 한줄기에도
보증금이 필요한 세상

모든 희망의 문짝이 떨어져나간 대문을
허둥지둥 나서니

거리의 그 많은 사람들 모두 방이 있다니!

아니야, 방은
액자 그림 속에나 있는 것
노숙. 가망없음.
그게 우리 지상의 방이야

생활정보지를 펼쳐 아홉번째 ×표를 그리면서
방 한칸 얻기 위해 걸어다닌
일생의 거리를 생각해본다

목 부러진 해바라기들이
투둑 발에 밟힌다

지하실의 수기

곰팡이가 사방 벽에 물레방아를 돌린다
등으로 유방으로 송사리떼 헤엄친다
쪽창 호박 잎사귀가 습기를 빨아들이나 역부족이다
내 신경은 자꾸 햇살 쪽으로 몰린다
마음은 호박넝쿨 그네 타고 구름 낭하로 옮겨간다
창으로 상체를 들이밀고 머리통을 연다
포르말린 대신 꾸역꾸역 햇빛을 집어넣는다
나는 미라,
지하에서도 썩지 않는.

양성의 水車를 타고 부단히 생을 노린다
지구의 중심에 다다를 긴 페니스를 꿈꾼다
무엇이든 삼켜버리는
우주의 바기나, 그 블랙홀을 꿈꾼다
어둠과 빛을 뾰족하게 갈아
곰팡이 위에 시를 쓴다.

배와 함께 기울어지다

배 그림만 보면
달력이든 잡지 사진이든
오려 벽에 붙여놓던 나는
늘 배를 원경으로만 보았다
소래에서 월곶 가는 다리에서 바라본 배도 그랬다
해안빛이 되어가는 몇 척 폐선이
쇠닻을 던져두고
거대한 공복감처럼 정박해 있었다
그날 이후,
배가 내 시선 깊숙이 들어와
몸 한쪽에 자리잡았다
들숨 날숨의 의식처럼
가슴 위를 오르락내리락했다
옷에서 바다의 호흡이 묻어나왔고
배 밑창이 뻘밭의 엽서를 읽어주었다
나는 소리와 흐름에 취해 떠다녔다
그리운 것은 곁에 두고
기어코 같이 낡아가는 습성처럼
내 몸도 배와 함께 기우뚱 기울어져갔다

黑雨, 김대환

그는 징에서 북소리를 듣고
북에서 징소리를 듣는다

굳은살 배겨 뭉그러진 열 손가락 사이에
여섯 개의 북채를 끼우고
하루 여덟 시간씩 북을 두드린다

구석방 가득한 타악기의 리듬에 쏠려
북 속으로 들어간 그,
세상에서 아직 발견되지 않은 소리를 찾아헤맨다

窮究
窮究의 一生

그는 검은색에 집착한다
그가 만졌던 모든 악기들의 소리가 빨려들어간 블랙
홀,
검은색은 극단이다

북채에 묻은 피처럼

요즘 그는
반야심경 한 자 한 자를 거꾸로 쓴다
(연습은 목숨이다)

가령
呪는 兄ㄸ로

소리를 뒤집어
세상에서 아직 발견되지 않은
마음 하나 만나려고

몇 미터 바깥의 백제

내 삶 몇 미터 바깥에 있는
백제를 만나러 간다
거기 鄉愁처럼 소나무를 둘러싼 돌담이 있고
까우까우 까치가 난다
비닐봉지에 파, 콩나물을 담은 여인
초기 토광묘가 꼭 내 키만큼 파인 잔디를 가로질러
남문을 빠져나가고
출입금지의 흰 줄 쳐진 묘 주위,
츄리닝 입은 사내가 조깅을 하고 있다
나는 九泉의 젖가슴 같은 봉토분 주위를
다섯 발짝에 백년씩 걷는다
아무도 모르게 전설 하나를 돌아나왔다
막돌로 포갠 고분도, 지탱석도 세월이 더께져 있다
못생긴 돌 하나도
오래된 것 앞에서 경건해지는 습성.
수령 이백년 넘은 회화나무가 쓰러져가는 몸을
철기둥에 간신히 버팅기고 있다
백제가 사라지지 않으려 안간힘하듯—

헛헛한 심정으로 소음 가득한 길을 걸어나오는데
공중 사다리 같은 크레인이 斜陽에 달군 쇠끝으로
제2호 고분 적석총을 가리키고 있다

갓 켜낸 육송 무늬처럼

──너희들에게 집을 지어주마
바람 불면 펄럭이는 돛을 달고 달밤을 항해하는
뼈도 살도 환히 비치고
별빛이 손등에 와 박히는 뜬, 유자빛, 집
둥근 방 둥근 부엌 둥근 창……
아버지 손끝에선 나무도 부드럽게 휘네

──자, 꽃을 들여놓자
비닐벽 꽃그림자 멋진 마블링
양푼만한 구멍 숭숭 뚫어 꽃들 숨통 틔웠지
나는 수치와 탐미의 범벅 속에
치자꽃치자꽃치자꽃치자꽃치자꽃치자꽃치자꽃
속 헤매다녔네, 그 치사한 죽음의 내음새

폭우와 태풍으로 너덜너덜해진 비닐 수선하러
아버지 지붕에 올라가셨다
──위험해요 아버지 빨리 내려오세요
먹구름 속, 오히려 편안해 보이는 아버지

대패와 망치로 아귀가 맞지 않는 세상 문틀 깎아내고
찌그러진 角을 돋우며
떨어져나간 회칠 같은 거친 생계를 잠재웠지
피멍든 열 손가락 똑똑이 보이는 한무더기 퇴비 곁에서
나는 어두워오는 하늘 치어다보며 발만 동동 굴렀다
다시 비뿌리고 뒤집히는 활엽의 바람 속

수천의 집을 허물고 지으며
갓 켜낸 육송 무늬처럼 투명해지신
아버지
가뭇없는
몸

봄

나는 내 눈을 의심했네
일찍 세어버린 머리탓에 그는 눈사람처럼 보였네
노란 노란 개나리 휘휘 열어젖히고 투명하게 걸어왔
네

어떤 별의 재채기가 우릴 이 다방에 빠뜨렸나
구조가 바뀌지 않은 건 옛 음악뿐,
삐걱이며 추억의 필름을 재생하고 있었네

한때 관자놀이까지 파랗게 물들이던 그의 채식주의와
단벌 교복,
함부로 자신의 시선을 흘리지 않고 거리를 질러가는
섬세한 금욕주의를 사랑했다
그러나, 커다란 정신의 그물은 왜 꼭 성긴 걸까
내 사소한 슬픔 따위 흔적도 없이 빠져나갈 만큼
오, 靑血의 망망대해——

(행복이 날 낯설어해…… 너는 슈바이쩌가 되고 싶

었지)

   그는 시간에 앞서 환해져 갔고
   나는 음지와 진흙의 욕망에 뒹굴었다

   안경을 치켜올리고 잔을 감싸는 손가락 구도는 여전
해
   삼대의 가장이 되어 소파처럼 부드러워져서
   어쩌다 이렇게 된 거지? 내가 할 말을 대신하네

   버스에 오르기 전, 마지막 잡은 그의 손은
   이십 년 전 그대로 따스했네
   내가 찾아 헤매던 온기였네

나는 천천히 입구 쪽으로

우산 비스듬히 들고 영화보러 간다
초록활개를 치고 자유롭게
숨을 몰아쉬는 나무들, 사복의 학생들……

우산 끝으로 톡, 톡, 서로의 외로움을 타진하며
표정조차 유행을 타는 여자들과
욕망으로 길쭉해진 남자들로 종로는 터질 듯하다

극장엔 자판기 앞에 줄 선 사람들
팝콘처럼 소곤대는 사람들,
혼자 영화관에 온 어색함을 종이컵의 온기로 녹이며
나는 커다란 창유리 앞에 선다

주말엔 영화라도 봐야 한다 그런데
왜일까, 이런 편안한 오후
내 토한 자국이 또렷한 길들을 한군데 쓸어담는 빗물이
눈가에 자오록이 차오르는 이유는

둥글게 몽롱해지던 다방들은 빠짐없이 이름을 바꾸고
바뀐 이름을 확인하기 위해
추억은 몇번인가 계단을 굴렀다

문을 닫고 나올 때마다
내 속에는 얼마나 많은
침묵의 층계가 생겨난 것일까

소리없이 불이 꺼지기 시작하는 빌딩들처럼
내 사랑도
비에
봉인된다

휘장을 들추며 사람들이 쏟아져나오고
추억은 발길에 채여 매표소 밖으로 나뒹군다
종이컵을 구기며
나는 천천히 입구 쪽으로

심야버스

언뜻, 핀잔처럼 스치는 빗방울
바람이 취객의 겨드랑이를 부축하다 팽개치고
먼저 버스에 오른다
전광판 즐비한 도시를 관통하는 버스 속
쏟아지는 빗줄기에 순간,
불빛이 번져 차선이 휘어진다
차도를 메우고 택시를 포위한 사람들
인도 위의 여자가 뒤집힌 우산 속으로
비명을 지르며 빠진다
하루의 갈증을 비에 떠넘기고
아직 집으로 돌아가지 못한 사람들을
공중의 나뭇잎이여, 어느 뻘에 풀어놓았느냐
특색 없는 얼굴 등받이에 기대고
내 생도 막차를 탄 게 아닐까, 습관적으로 중얼거리며
우줄우줄 졸며 가는 자정 넘어 어두운 빗길
플라타너스 잎사귀 맺힌 생각 털어내며
달리는 심야버스

제4부

새 표본 전문가의 꿈

숲, 거리의 죽은 새들은 그의 손에서
푸드덕— 되살아난다

그의 꿈은
온 세상의 새를 손에 잡아보는 것!

쇠박새, 큰유리새, 노랑턱멧새
동백꽃에 머리를 파묻은 동박새……

지금 막 황조롱이 손질을 끝냈다
한뭉치 死體를 수술해주고 그가 얻는 것은
홍채의 영롱한 빛뿐,
곧 그는
새의 몸에 얹힐 것이다

어린 시절부터 그토록 만지고 싶어한 것은 실상
새가 아니라
새의 몸을 하늘로 불어날리는

천사의 숨이었던 것

마침내 그는,
박제된 생태계를 찢고 날아오른다

새의 발성이 석류알처럼 터지는 寺院으로
아득한 숨이 되어
높이 높이 오르고 있다

거울

내 속에는 거울이 살고 있다
종달새의 노래소리를 복사하고
떠다니는 구름
고래의 날숨으로 뽀얗게 흐려지기도 하는

무쇠나무에 새순이 움트듯
나는 거울에 꽃을 심어주기도 했다
그러나 그것은 갈증에 소금물만 들이켜는
내 마른 입술만 보여준다

어디나 따라붙는 거울을 내다버리려 했으나
—이것을 치우는 대신 당신 肺를 주시오!
하는 대답만 듣고 돌아왔지

풍경이 지루하여 산산조각내려고도 했으나
가슴에 박힐 유리조각들, 또 다른 거울이 될 것이기에
나는 그냥 방 한구석에 걸어두었다

언젠가 그것은 커튼이 주저앉듯 내 위에서 무너지리라

그때 나는
거울이 깨어지는 소리조차 듣지 못하겠지
거울속에거울속에거울속에햇빛은따스하겠지

인형극놀이

춘천 인형극제가 열리는 야외무대
한지로 배배 꼬아 만든 인형들 바람을 부벼 깨우고
유람선은 공지천 위에 붙은 스티커…… 미동도 없다

파인더 속에서 그의 어둠을 어루만진다
단지 사진을 찍는 것이 아니라
한 남자에 초점을 맞추는 것을 즐기며
나는 얼마나 자주 그의 얼굴에 카메라를 들이댔나

그때마다 그는 달아났다!

(영원을 가장한 음모에 너무 많이 속아왔기에
그에겐 모든 것이 한바탕 인형극에 불과했던 것)

집착이 아니라
추억을 얇게 저장하기 위해서야, 중얼거리며
렌즈를 거둔 순간
노란 색종이로 오린 해바라기가 깔깔거렸다

잔디 위 펼쳐진 자금성 같은 거대한 종이궁궐 앞에서
셀프타이머를 작동시킨 후
간신히 그와 포즈를 취한다
여백이 많은 쪽지 같은 손이 살며시, 어깨를 감싼다
몇초 후 저 확장된 눈은 어떤 미래를 새겨놓을까?

집에 돌아와 현상해 보니
시간의 정거장에 욱여넣은 둘을 밀어내듯
필름엔 아무것도 찍혀 있지 않았다
장엄한 종이궁궐 위에 퍼붓던 햇빛만이 깜깜히 빛났다

가벼움은 그의 원형이다
내 어깨에 머물다 사라진 흐린 빛 손의 무게를
지금 나는, 기억할 수 없다

불꺼진 지하도

지하도에 들어섰을 때 벽에
기둥 그림자가 신전의 열주처럼 드리웠다
왼편 계단에 부려진 빛과 소음,
어두운 반대쪽에서는
목도리를 침묵의 자물통처럼
입까지 채운 사람들이 튀어나왔다
도시 한구석에
이런 간지러운 어둠이 있다니
저녁에, 가끔은 불이 나가야 한다 그때
보이지 않던 사물이 보인다
우주 전파 탐색용 위성안테나를 설치한
영화 포스터가 번쩍이고
석실에 갇힌 유령들이 시멘트 기둥 사이를 떠다닌다
전파를 보내다오—
나는 그들의 복화술을 한가지 말로 번역한다
지하도에 웅크리고 있던 상인들이 일어선다
언제 불이 들어오는 거지? 두런대며
꿈틀거리는 계단, 얼굴 전면으로

축축한 낙엽이 달라붙는다
속삭이는 소리, 알아들을 수 없다

그해 여름의 그랑부르

팔월 아침, 나는 강남의 시네마 천국에서
영화 그랑부르를 보았고 올케는 돌아오지 않았다
마당은 햇빛으로 구운 어항,
아이들은 아이스크림과 물장난으로 붕어처럼
좁은 통 속에서 촘촘히 옆줄을 늘여갔지만
오빠는 담을 넘다 떨어져 병원으로 실려갔다
사랑은 신발끈을 매주듯 구체적인 거야, 소리치고 싶
었지만
병원에서 돌아온 오빠 개잠자고
드러난 뱃가죽이 印度의 요기 같구나
여자보다 바다와 돌고래를 더 사랑한 잠수부 자크,
깊은 바다에서 그의 심장은 돌고래처럼 안정된다
바다에 탯줄을 뿌리박은 그는
인간에서 돌고래로 진화한 신종 포유류

아들아물살을헤쳐솟구치거나파래다발을쓰다듬는네지
느러미가사람의팔보다아름다우니그것은날개처럼가볍
게그토록큰물을떼밀고있지않으냐내가너를잉태했으므

로무덤또한이곳이니—

  누우면 출렁출렁, 천장을 뚫고 들어온 싯푸른 물이
  무섭게 나를 찍어눌렀고
  아이들 빨개진 눈이 플랑크톤처럼 동동 떠다녔다
  무엇이든 어루만져 손가락 새로 풀어놓을 줄밖에 모
르는
  지느러미를 벌처럼 달고 나온 오빠, 아이들의 잠수부,
아이들의 함장은
  白雲 낚시터에 흰구름처럼 흘러들어갔고
  여름 동안 내가 한 일은
  아이의 발바닥 티눈을 빼준 것뿐.
  땡볕이 파들어간 이 여름의 웅덩이
  水深이 깊을수록 돌고래의 잔등이 환하다

항우울제

　내 방은 동그랗고 아늑했다

　반으로 금 그어놓은 창틀에 올라앉아 황혼의 밧줄을 끄르고 도망치는 낙타떼 구름을 보거나 성냥으로 방바닥을 천체 삼아 쌍둥이, 거문고, 바다뱀, 게, 황소…… 이런 별자리들을 만들었다간 쓸어버렸다 한번도 불꽃의 아름다움을 맛보지 못한 성냥개비들(항우울제먹어도항우울되지않는구나) 어제는 방 하나에 통째로 삼켜져 팔다리가 여러번 우려낸 찻잎처럼 나른하다 새들도 날기 위해 속이 빈 뼈를 갖듯, 구름 책상에 극빈의 꿈을 방목하기 위해 오늘 나는 방을 반으로 쪼갠다 투명한 공기에 드러난 내 몸의 반은 푸르게 깨어 있고 나머지 반은 까마귀 별자리가 자귀나무 부드러운 머리털 속으로 물어가주리

내 마음의 花園

　함몰한 틈, 함몰한 세월이에요 유리막대 같은 손가락을 가진 그는 날개 달린 흰 옷을 입었죠 장미넝쿨과 타는 유황내음으로 온통 덮어버린 내 화원에 함부로 들어와 서툰 정원사가 꽃눈을 다치듯 내 마음을 다쳐놓지만, 어설픈 가위질에 스스로 상처입고 뚝뚝 피흘리곤 하죠 신 앞에서 과연 어느 누가 최고의 정원사라 뽐낼 수 있겠어요 현실과 비현실의 숲에서건 내상과 외상의 꽃밭에서건…… 마법사가 온몸에 독을 바르고 깊은 잠 속에 바다와 산을 건너듯 아무도 나를 깨워 데려가지 못해요 보세요, 내 몸에서 피어난 꽃들을 후득이는 새들을…… 오래 뒹굴어 장미가시도 섬모처럼 부드럽고 유황냄새도 싱그러운 것을

기린

나무 열매로 푸르게 이빨을 닦고
땅 끝까지 피칠갑하는 황혼녘이면
움찔움찔,
퇴화된 뿔이 살을 뚫고 나오려는 기린처럼
난 조금만 잠을 자
들끓는 육식의 적으로부터 경계심을 늦추지 못하지
잎의 보호색 얼룩점으로 광합성을 시늉하는
기린은 두통을 모를 거야
나처럼 알약 따윈 먹지 않을 거야
저 야생동물의 체질을 닮아
어느 날 문득 기린이 된다면
그림책에서만 기린을 본 조카들을 태우고
순한 내 종족 곁으로 달려가고 싶어

연아, 석아, 내 목을 꼭 잡아
우리 전속력으로 가자
아프리카 초원으로—

지순

남편의 유골로
모래시계를 만든 아내

티끌이 된
性, 한 벌의 인연이
그녀 허름한 목덜미와
야채를 써는 사선의 손을 만지고
무한의 깔때기 수정체로 되돌아간다

유리에 어른대는
그의 미소와 속눈썹, 연애와 무덤덤이
부엌을 휘파람 같은 빛으로 감싸고—

"아빠, 이젠 제가 뒤집어드릴게요"

아들이 와서 모래시계를 뒤집어놓고 간다.

天平, 地平

별 말 없이 살다가
눈다래끼 나면
어머니 무릎에 낭큼, 발을 올려놓았지
어머니는
사제처럼 엄숙하게 돋보기를 찾아 쓰시고

오른눈에 나면 왼발
왼눈에 나면 오른발
위에 나면 地平
아래에 나면 天平이라고
비틀배틀 써주셨지

유년에서 마흔까지
어머니 속옷 젖내음 같은 주술에 대한 믿음 때문일까
볼펜 끝 간지러운 통증에 킬킬대다가

발바닥 까아만 선이 번져 흐려질 즈음
다래끼는 흔적도 없이 사라지곤 했다

가려워 빨갛게 부어오른 눈혹,
하늘처럼 땅처럼 평평하게 다스리시는
어머니의 애무

손

수줍음과 망설임이 은신하는

금지와 욕망이 집중하는

다섯 개의 불꽃에 둘리운

갈망의 제스처.

*   *

꿈에
한 손이
내 손을 잡았다

누구일까

얼굴 없는,
육체의 한조각이 겹쳐

따스했다

깨어났을 때
그 손의 감촉이 하도 생생하여
지문조차 그려낼 수 있을 것 같았다

눈을 감고
두 손을 한데 모은다

마치 그 위에

꿈속의 손을
올려놓듯

안개의 새벽

안개가 감금한 길을 운전사는 천천히 뚫고 나아간다
몇 시간 후면 이국으로 떠날
한 친구 송별회를 끝내고 집으로 돌아가는 길

나는 취한, 성긴, 물방울
모국어로 감기는 안개의 새벽—

나타났다간 사라지는 앞차 미등이
지남철처럼 차를 이끈다

떠난 지 십년
음악실로 가던 원형 계단을
쨍쨍한 여름날 행상 늘어선 거리를, 만져보고 기웃대
면서
친구는 제 근거를 킁킁거리는 들짐승같이
나를 끌고 모교로 종로로 헤매다녔다

그녀 얼굴은

스물여섯
그 표정, 그대로, 정지해 있다

시간이 그녀를 날려버린 것이다!

네가 단호하게 등을 보이고
아무도 없는 세상, 홀로 떠돌아야 했던
그 슬픔의 내용은 뭐지?
—차라리 반복된 환각이 아니었을까?
늙어버린 슬픔은 이제…… 아름답지 않다

라디오에서는 짙은 안개로
비행기가 오후에나 뜨리라 한다

차에서 내리자, 안개가 나무와 길과 나를 섞어버렸다
공중 높은 곳에서 표정을 잃어버린 친구처럼
나의 근거 또한 아득하였다

저 자신 숲입니다

그대는 저로 하여 숲의 아름다움에 눈뜨게 하셨습니다
소슬한 바람 맞으며
저는 아직 숲에 서 있습니다
그 끝에 깜깜절벽 만나더라도
그대가 감추신 고통의 성찬은 눈부셨습니다

어쩌면 저는 그대의 덫에 걸려든 사향쥐,
다리를 물어뜯어 잘라내서라도 자유롭고 싶습니다

그대와 나 궤도를 벗어나지 않는 뭇별처럼
혹, 당신 없으면 저 홀로 별똥별 되어
땅바닥으로 곤두박질칠까봐
그 빈 자리 당신은 숲으로 채워놓으셨습니다

옹달샘에 물이 차오르듯
제 속의 마르지 않는 본능, 그리움은 이제
나무와 새들 사이에 머뭅니다

숲의 베일을 한겹 들추면
허리가 휘는 일몰이 따라 들어오고
붉은 틈새로 텃새가 둥지를 찾아 날아갑니다

그대 겨드랑이에서 매번 허물어지던 둥지 떼어내어
떡갈나무 높은 가지에 올려놓습니다
발톱 부르트도록 흙 나르고 나뭇가지 물어오지 않아
도
제 둥지는 나무 위에서 숲의 일부가 되겠지요

저 자신 숲입니다
그대가 바란 것처럼.

그래. 정말 일몰이 꿈틀,했다.

김정환

첫 시「마노」2연은 잔잔하지만 고요의, 긴장이, 방대하면서 일상적이다.

바라보면 입속에
수세기의 침묵이 고이는
마노에는
그것을 건네받던 순간의 긴장이
고스란히 지문 찍혀 있다

고스란히 지문은 여러겹의 응축-확산-재응축 과정을 통해서 나왔다. 눈(바라봄, 넓음) 입속(좁음) 수세기(확산) 고임(응축) 마노(응축=확산) 순간=긴장(응축이면서 삶 속으로의 확산-애매화)을 통해서. 그렇게 고스란히 지문은 삶의 사회성이 진해지면서 동시에 유현(幽玄)도 깊어지고, 연대가 형상화되면서 동시에 일상성도 깊어진다. 그것을 추동하는 감각의 섬세함은, 현란하면서 동시에 수세기의 침묵보다, 중력보다 고요하다. 찍혀 있다고 표현했지만 찍혀 있음보다 (표현되지 않은) 묻어남이 더 선명한 무게를 갖는다고 주장하는 듯이. 거기서 끝나지 않는다. 그렇게 읽으면, 1연 "나는 그 돌을/책상 가운데 두고 소중히 보살핀다"는 왜, 그렇게 두 행으로 (긴장을) 풀었을까 하는 의문이 뒤늦게 들지만 그 뒤늦음=의문에 곧장 이어지는, (3행으로) 더 풀어진 3연이 중첩되면서 오히려 일상의 탄력이, 사소할수록 더욱 강화되는 회로가 일단 완성되는 것이다. "그 돌에서 나는/난롯가의 농담, 저녁의 가벼운 흥분,/사소한 다툼들을 불러낸다" …… 이와같이, 돌, 난롯가, 농담, 다툼에다 가벼운, 사소한이라는 형용사를 동원한 시 단 한 행이 절묘한 균형의 무게로 일상의 의미를 구원하는 사례는 드물다 할 것이다. 그리고, 이 단계에서 느낌으로 만족하지 않고, 매우 의도적으로 불러내는 행위는, 4연에서 정말 무엇을 불러왔는가?

    아름답게 금이 간 날들을 삼키고
    돌은 응고된 새의 표정으로
    내 앞에 있다

  이룩된 일상의 의미가 영구화하면서, 그 속으로, 그 경로이자 결과로서 새가 등장한다. 그 새는 물론 비상을 의

미하고 꾀하는 새지만, 중력의 새라고 해도 될 것이다. 5연은 다시 일상 속으로. 그러나, 이만한 시인이 반복할 리 없다. 일상의 심화—확산의, 심화—확산은 무엇인가? 당연히 색과 몸, 예술과 사랑이다. "회색에서 주홍,/안으로 들어갈수록 갈색 이랑 그려진/마노의 중심에서/사랑의 파편들이 새로 태어나고 태어나고……" 마지막 연에서 그 모든 것은 여성의 몸으로 응축되고 생동한다.

　　내 몸속으로
　　그 품의 물이랑이 돈다

　이것은 그녀가, 여자이므로, 여성시인으로 된다는 것과 다른 맥락이다. 이 시는 시인이 여성이라는 것이 드러나는 과정이 아니고 시가, 예술이, 혹시, 여성의, 응축으로서 육화일지도 모른다는 점에 (남성도) 기분좋게 동참시킨다. 그렇게 강신애의 첫 시집의 모든 작품은, 의도적인 불러냄 때문에 더욱 시창작방법론이다. 이것을, 남성이지만 남성시인이라고 할 수 없는 김수영의 남성적 방법론에 대비되는, 여성이지만 여성시인이라 할 수 없는 강신애의 여성적 방법론이라 할 수 있겠다.
　첫 시가 미술언어를 매개로 한 시창작방법론이라면 두 번째 시「부드러운 흔적」은,「마노」에서 어렵사리 탄생한 새의 지위가 격상되면서, 연극언어를 매개로, 더 역동화한다. 미술평면의 깊이를 심화시키던 세월이 단 하룻밤으로 응축=일상화하면서, 느낌표와 의문부호 각 하나씩을 동원하면서 또 삶의 공포까지 허용하면서, 심화한 고요가 공간 밖으로 튀어나오고 그 튀어나옴이 다시 고요를 심화시키는데, 이것은, 난폭한 일생이 고요의 반짝임과 동일시되는 경지다. 그것도 몸속에서.

　　몸의 일부였을 땐 난폭했던 새의 一生이
　　어두운 틈에서 부드럽게 반짝였다

　서정주 「동천」의 새가 화폭 밖으로, 삶 속으로 튀쳐나왔다고 할 만하다. 그러나, 그리고 삶 속은, 세상을 시적으로 이해할 능력이 있는 자에게 더욱, 절망적이다. 그 절망은, 광경을 풍경으로 전락시킬 정도로, 잔혹에 짓눌려 있다. 절망을 절망으로 겪는 시인에게 유일한 희망은, 희망이 서정의 참신성=형식과 동일시될 때. 영생도 지옥도 광신자도 배교자도 반죽이 되어 하나의 잔해(殘骸)다(「잔해 도시」)는 물론이고 폭탄 파편이 튄 소녀의 얼굴은 밀랍처럼 굳어 있다(「절름거리는 봄」은 김춘수의 「부다페스트에서의 소녀의 죽음」보다 더 돌이킬 수 없는, 서정의 형식이 더 제거된 풍경을 펼친다). "종량제 봉투에서 오래된 봄냄새가 났다"는 정말 돌이킬 수 없지 않은가.
　그 뒤로 시인은, 아니 시집은 (왜냐면 수록 순서가 집필 순서일 리 없으므로), 그러나 결국 시집으로서 시인은 (왜냐면 시인은, 대체로, 독자들이 순서대로 읽을 것을 염두에 두므로), 한참 동안 그 상태를, 벗어나려 발버둥치지만, 벗어나지 못한다. 「숲속의 보물찾기」와 연이은 「나의 자작나무」가 서정의 형식을 예감하지만, 너무 빠르고, 조급했다. 그 증거로 전자의 '~했네'와 후자의 '~나요', '~입니다'는 서정=형식을 강화하기는커녕 구태화할 뿐이다. 그렇게 다시 어디까지 갔을까? 희망은 '~습니다' 투를, 버리는 것이 아니라 현대-서정화의 매개로 질적 발전시킨 「두 겹의 방」에서 도달되고 있다. 첫 부분이다.

> 나는 그 숲의 불가사의한 어둠을 사랑하였습니다
> 밤이면 습관적으로 음란해져
> 숲으로 들어가면, 숲은 내게로 기울어
> 귓속 차고 슬픈 전설이 흘러나와 발가락을 적십니다

불가사의한 어둠, 습관적으로 음란이 숲을 매개로 한 들어감과 기움의 상호 사랑행동을 동력삼아, 발가락을 적시는, 불가사의가 서정으로 투명해지고 음란이 서정으로 촉촉한 적심이 되는 과정은, 희귀하게 감동적이다. 슬픈 전설은 상투적이지만 그 앞의 '귓속 차고'가 그 상투성을 충분히 상쇄하고 있다. 자, 그 다음이 흥미진진한데, 1부는 "내 몸이 조금씩 흔들릴 때마다/신께/가장 아름다운 향기를 선물한다"(「내 몸이 조금씩 흔들릴 때마다」 뒷부분)의 절묘한 몸향기 흔들림과, 「대칭이 나를 안심시킨다」의 다음과 같은, 모녀간 생애를 공간화한 대칭을 거느

리면서 끝나고 있다.

　　화투로 하루의 운을 떼보는 母와
　　신문 '오늘의 운세'를 읽는 女

　　발이 상처나면 쉽게 썩어버리는 당뇨인데
　　예쁜 구두만 고집하는 母와
　　거꾸로 매달려 살아도
　　뾰족 구두만 고집하는 女

　　(…)

　　듬성듬성 상처난 어머니의 자궁과
　　잉태를 꿈꾸는 나의 자궁도 대칭이다

　여기서 어느 쪽이 좌(左)고 어느 쪽이 우(右)인가? 이 질문을 게임화한다면, 우리는 근래 대통령후보 선출에 관한 정치판의 이념논쟁이 천박하고 기만적일 뿐 아니라, 예술의 좌우논쟁과 근본적으로 다르다는 것을 느낄 수 있다.

　2부에는 느긋함의 솜씨를 보여주는 명품 두 편, 「오래된 서랍」("실로 이런 사태를 나는 두려워한다"의, 내숭이 발하는 엄청나고 유쾌한 발상-호흡의 전환!)과, 「사막을 파내려가 거기」(제목이 벌써 암시하는 정곡을 찌르는 육

감의 자궁화! "사막을 파 내려가 거기/꽃뱀으로 또아리
튼 숲과 나는/목련 같은 아이를 가지리라")가 수록되어
있지만, 이 느긋함을 배경으로 더욱, (2부뿐 아니라 시집
전체의) 절정은, 「일몰이 꿈틀,했다」에 있다. 전문이다.

　　바람도 인기척도 백골이 되어 뒹군다. 칠십만 평 광
활한 색채의 묘지. 시커먼 갯벌은 지리산 갈비뼈의 갈
대줄기, 섬진강 햇살의 꽃수염 솟아나오는 모공이다.
제 습기를 밀어내느라 웃자란 갈대의 군락. 나를 풋기
운, 풋내음에 가두는 미친 갈대의 갈고리들. 갈대의 굴
을 파며 얼마나 허우적였을까. 어디가 끝이야! 고함쳐
보았지만 하얗게 삭아가는 갈대의 목울음만 커엉커엉
되돌아왔다. 제 골격 그대로 말라빠진 갈대가 팽팽히
시위를 당겨 철새를 겨냥한다. 일몰이 꿈틀,했다. 소리
없이 떨어져 죽는 하늘의 갈대들— 새를 삼킨 갈대밭이
말간 정신의 뼈를 내뱉는 순천만 갈대숲.

　　뛰쳐나온 새의 몸의 생애의, 풍경화. 이때 풍경은 광경
보다 고요하면서도 고요가 광경보다 치열한, 정말 서정주
의 「동천」을 복고의 낡은 풍경화 쯤으로 평가절하시키는
풍경＝화다. 호흡이 급속해지면서도 그 속도가 예리하게
부조하는, 완강해서 아름다운 형상들, 그 와중에 4행 마
지막의, '풋기운'이, 쉼표와 어우러지면서 동사인 듯 형용
사인 듯, 그러나 다음 행 '풋내음'으로 명사-확인되는 찰

라의, 전편 응축 및 대전환, 그 숨가쁜 와중에 어디가 끝이야!'의 절규와 느긋함(호흡 바꿈)의 겹침, 그리고 일몰(지다, 떨어지다, 황홀하다)과 꿈틀(삶, 죽음, 겹침＝찰라＝영원의 동작-형상화)을 정말 꿈틀거리게 만드는 쉼표, 의 전율은, '소리없이 떨어져'를 통과하면서, 예리한 감각, 정도가 아니라, 예리 그 자체를 풍경화한다. 화(化)가 화(畵)로 되는 순간, 시가 모든 장르를 응축하는 순간이다. "소리없이 떨어져 죽는 하늘의 갈대들— 새를 삼킨 갈대밭이 말간 정신의 뼈를 내뱉는 순천만 갈대숲." ……순천만이 시의, 아름다운 고통의, 축복을 받는 순간이라 할 만하다. 절망은 이렇게, 희망＝서정의 아름다운 뼈대로 극복된다.

3부는 프롤로그 혹은 에필로그, 그 전 혹은 그 후의 성격이 짙다. 그리고, 그 점을 또다른 느긋함의 솜씨로 전화하는, 나이 먹는 시도 (당연히) 중요하다는 듯, 강신애는 아버지에 대한 한 편의 명구를 배치했다. 그것을 음미하면서 우리는 그녀 시의 부모가 되어보자. 앞으로도 내내.

　수천의 집을 허물고 지으며
　갓 켜낸 육송 무늬처럼 투명해지신
　아버지
　가뭇없는
　몸

―「갓 켜낸 육송 무늬처럼」 부분

왜냐면, 시는 "남편의 유골로/모래시계를 만든 아내" (「지순」)지만, 그렇기에 더욱 독자는 난해를 푸념하는 어린애가 아니라, 시정신의 영원한 신세대를 이해하려 애쓰는 부모 같아야 한다.

추신. 강신애와는 자주 만나지는 못하지만 일단 만나면 진하게 술을 먹는 사이다. 그녀는 사진에서 보시다시피 미인에 여장부에, 주량 튼실하고 노래 명창인 경우인데, 딱 하나, '예. 아니오' 식 대답이 너무 공무원–사무적이고 모종의 (정다운 육감의) 끼가 부족하다는 핀잔을 가끔 내가 주는 편이다. 그런 평소 인상 혹은 편견이 이 글에 반영되어 있을지도 모른다. 정말 그렇다면, 강신애(씨)는 너그럽게 봐주고, 독자분들께서는 그 점 충분히 감안하시기를.

시인의 말

한때는 사람에, 숲에, 이제는 언어에 매혹되었다.

부족한 상상력으로 순백의 언어에 가닿기 위해서는 길고도 황홀한 방황이 필요했는지 모른다. 아직 가야 할 길이 먼데 시집을 묶는 것에 기쁨보다 두려움이 앞선다.

그러나, 서랍 속에 쟁여 닫아버린 순간들을 첫 시집에 풀어놓음으로써 수시로 튀어나와 날뛰던 방황의 내용물들이 비로소 잠잠해지는 자유를 얻었다.

「곰팡이국」이란 시에서는 어머니를 내 대강이에서 자란 곰팡이라고 했지만, 역설이다. 내가 어머니를 파먹고 자란 곰팡이였다. 또한 나는 나를 파먹은 곰팡이다.

파먹음, 파먹힘…… 그것이 중요하다.

그래서, 마침내…… 곰팡이꽃도 꽃이다.

고정될 위기에 놓인 관념들을 매번 수정하도록 해준 시에게 감사한다.

오랫동안 내 속에서 부유하며 거리에서, 베개 위에서,

말 주거니 받거니 하던 분신들에게 잘 가란 인사를 할 때
가 왔다. 잘 가라, 나의 분신들…… 미숙하여 미안한 시절
들……

 속수무책의 황사가 걷히고 지금 나는 텅 비었다. 입안
가득, 봄꽃들을 깨물고 싶다.

2002년 4월 거여동에서
강신애

창비시선 217

서랍이 있는 두 겹의 방

초판 1쇄 발행/2002년 5월 30일
초판 2쇄 발행/2004년 9월 20일

지은이/강신애
펴낸이/고세현
편집/고형렬 유용민 김정혜 문경미
펴낸곳/(주)창비
등록/1986년 8월 5일 제85호
주소/경기도 파주시 교하읍 문발리 파주출판도시 42블록 5
　　　우편번호 413-832
전화/031-955-3333
팩시밀리/영업 031-955-3399 · 편집 031-955-3400
홈페이지/www.changbi.com
전자우편/literat@changbi.com

ⓒ 강신애 2002
ISBN 89-364-2217-0 03810